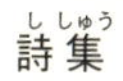

いちかわゆう

もくじ

Ⅲ　ぱちぱちいきる

たんじょうび

きちょうがあとをついてきて
なにかわたしにいいたそう
どこまでもあとをついてきて
わたしをわらわせたいのかな
それともきょうはわたし
はなをさかせているのか

Ⅰ　ぱちぱちしぜん

はるつげぐさ

あおうよと
こえをかけられほおゆるみ
わたしもしばらくあわないひとに
あおうってよびかける
あおうあおうと
けものなくやまに
うめがひらく

うめ

いちりんのうめのはなは
ほかのはなのしんぱいをしない
はなのさきかたおしえたり
はやくはやくとせかしもしない
いちりんのうめのはなは
となりのはなが
ひらこうがひらくまいが
じぶんのペースでさいている
いちりんのうめのはなは
じぶんのわりあてこころえ
うつくしいうめのきをなす

はたけ

つちをひびわらせ
さといものめがならぶ
ハートのはっぱがてをつなぎ
かけだしたくてうずうずゆれる
あれは　そう
うんどうかいのれんしゅうだ
こどもたちのこえが
あたまのうえをながれていく

もりでおよぐ

はなびらのないしべだけの
きみどりいろのまぁるいはなが
ほろほろほろほろほろふってくる
そらのあなからそそがれる
いいぎりのはなの
　　シャワーをあびて
さあ！　もりにはいろう

たね

びわのたねには
びわのねや

はっぱやえだや
みのじょうほうが
どこかになぜだか
つまっていて
おおきなびわのきに
　　　なるが
わたしがちっちゃな
たねだったときから
わたしはてがみをかく
　　　ひとと
きまっていたろうか

あおだいしょう

へびがおよぐ
おともなく
いけをスウゥと
わたっていく
のこされたしんくうに
つかいふるしの
　わたくし

かなへび

でかけぎわにかなへびをみた
しっぽのちぎれたおおきなかなへびが
たんぽぽのたねをくわえ
ひっくりかえっていた
かなへびはめをつむり
しろいはらはやわらかかった

かえりぎわにかなへびをみた
ながいしっぽでひをあびていた
ほそくてわかいかなへびで
くびをかしげてわたしをみていた
「ありがと」とわたしはいった
かなへびはこたえなかった

さぼてん

じこしょうかいなど
いらないとちでそだち
じこしょうかいのたびに
わたしはからっぽ
さぼてんがみかねて
わたしにてほんをみせる

ピンクのはなつぎつぎさかせ
じこしょうかいとは
　こうするものだよ　と
ゆうがたにはレッスンをおえ
さぼてんはしずかに
はなびらをとじる

せみ

アスファルト
あるきつづけるせみのこを
ヒマラヤすぎにみちびいて
くらやみのなか
　　　　みおくった
よくあさとおくみあげれば
からっぽのレンズに
ことばいらずのこもれび

ぞうむし

うつりかわるひびのなかに
それぞれのいばしょがあり
たれさがるしろいはぎのはな
においをかごうとちかづけば
ひとつのはなに
　いっぴきのぞうむし

つたもみじ

べにいろの葉(は)をひろって
かばんにさしてあるく
しろい月(つき)のしたに
きみがうまれたという
病院(びょういん)

「葉(は)っぱはどこかへ
いってしまったね」
ユニークな葉をしげらせた
きみがとなりでいう

しいのき

どんぐりみのらせ
じだいをくぐり
はをしげらせて
とかいのしじま
しゃくどういろの
つぶをひろえば
じょうもんからの
ちちははのこえ

がっこうへ

きつねのすむやまで
ひろったいちょうおちば
さかみちをくだりながら
しゃがんでしゃがんで
　　えらんだはっぱ
がっこうのふんすいのわきに
やまからのみやげだよ
しろいふくろひらくと
こんじきぎつね
　　とびだした

Ⅱ　ぱちぱちこころ

ともだち

わたしはあなたを
しらないけれど

あなたがないて
　いるのはわかる
あなたがわらって
　いるのはわかる
わたしはあなたを
　しらないけれど
あなたがもういいかい
　　といえば
もういいよ　と
　　こたえる

はなみ

したからうえへとさくらさき
あさのつぼみもひるひらき
ぷわあんぷわあんまいあがる

あわききぼうをポケットに
じべたにシートしきつめて
たべもののみものはらにこめ
ぷわあんぷわあんまいあがる
ひとりひとりをつなぎとめ
きぎのはなやぎいわいつつ
ならんだくつのうつろなあなに
こいぬのようなさみしさをみる

ひとり

雨(あめ)のみちをひとりゆく
くつもぬれてひとりゆく
みちのさきはしだいにくらく
かさをさす手(て)がかじかんでいる
わきの畑(はたけ)にカンテラともり
ひよどりがいちわ水(みず)をのんでいる
だいこんばにたまった雨水(あまみず)を
うまそうに空(そら)をあおぎながら
雨(あめ)のみちをひとりゆく
カンテラをむねにともして

じゃがいも

あなたのふではすぐに
あなたとわかる
さらにじゃがいもが
もられているだけなのに
あなたがいもをよういして
ねんごろにかさねいれ

キャンバスにむかうのがわかる
ブルーをかげにえらぶ
あなたのひとりごとさえ
わたしのあたまにひびく

あなたをつれだして
このまちをあんないしたい
じゃがいもひとつてにとれば
いとでんわがつながる

あまなつ

おばのふるまうあまなつは
よごれたうみにわびながら
やまではぐくむはるのさち
ひとふさひとふさむくごとに
さかながへやをおよぎだす
すっぱくにがく
ほのかにあまく
ちきゅうのこどもたち
このあじにつながれ

竹の子

さとからとどいた竹の子の
れいのべようとでんわする
にわにはえての　どうのこうのと
はなすうしろで茶(ちゃ)の間(ま)のにぎわい
くっくと竹の子　わぎりにし
ぷたぷた音(おと)を　ききながら
おとしぶたしてまつじかん
おくられたのは
　このじかん

きんぎょ

石(いし)になってしまった
　　ひとびとのなかで
　　きみだけがあかく
　　みずにしずんでいる
にらめっこするわけでもないのに
きみのかおにはわらってしまう
きみにあたまをなでられ
　　せなかをさすられ
わたしのちはぬくもりめぐる
石(いし)になりかけていた
あしのさきまで

あさり

あさりじる　のみおえるたび
とうさんはからをつまみあげ
すごいなあ　といった
かいがらのぎざぎざをさわり

からをとじたりあけたりして
たいしたできばえだ
　と　くりかえした
わたしはなんびゃっぺんも
とうさんのよこで
みみからあさりじるをのみ
あさりじるはからだじゅうに
　しみわたっている
せかいのすみずみから
たいしたもんだの
　こえがきこえるまでに

きんぴら

こころがふわふわするときは
ごぼうにそうだんするがよし
ごしごしたわしでどろおとし
ざくざくせんぎりちからこめ
じゃじゃっとあぶらでいためれば
アブラカダブラかおりたち
あしはしっかりねをおろす

かめむし

こげちゃのおおきなかめむしが
カーテンにしがみついていて
きょうしつじゅうがさけびごえと
ころせころせのシュプレヒコール

ガタッとたちあがったのは
だんまりやのあいつで
じぶんのゆびをえだがわりに
かめむしにつかませると
さっさとへやをでていった

さむさにかたをすくませて
ようやくもどったあいつが
かめむしとなにをしていたのか
ぼくにはわかった

秋の水

ながれとどめぬ川に
もみじをながし

水のうえになんらかの
しるしをのこそうとしても
もみじのかさなりは
じきにほどけ
はっぱのかたちさえ
　　なくしていく
それでもわたしは
もみじをひろい
いちまいずつ川にながして
ふちにひそむ竜に
てがみをだしつづける

だてまき

きいろくまいたの
なんですか　と
きみにとわれて
だてまきが

じやえをかいて
こころつたえる
きいろいまきもの
　だときづく

しょうがつがんたん
みんなして
ひもといたのは
おやから　こ
おやからこへと
こめられたねがい

ありがとう

わたしはありがとうを
だれにおそわったろう
いえでもがっこうでも
　おそわったし

つうがくろぞいに
はなをつきだしていた
　うしたちからも
そろばんはじくてんじょうに
すをつくってでいりしていた
　つばめたちからも
　　おそわった
まんまんとみずをたたえた
しずかなひとみが
どこへいこうと
　わたしをみている

Ⅲ　ぱちぱちいきる

しのび

おりがみしゅりけんつくろうよ
ひとおりひとおりていねいに
かどをあわせておりめぴたっ
きみとふたりでかたをよせ
するどいはさきのしゅりけんを
いちまいにまいとつくるうち
しのびのもののつつましさ
きみもにんじゃか
ぼくもにんじゃか

じゅけん

はだみはなさずさいふだき
やこうれっしゃにとびのった
ふかみどりいろのコートぬぎ
しろいシーツによこになる
プラットホームのかあさんのかお
いまもわたしをおくりだす

しごと

おかねうんぬんでなく
だれかのためにうごくことが
しごとじゃないですか
　　　　とあなたはいう
わたしのうごいたあとは
なめくじのはったごとくにうせ
たくさんのなかのひとりとして
あぜみちをゆく

なのはな

おがわにそっていちめんに
なのはなゆれるとうげんきょう
えのぐもことばもこうりょうも
しぜんのしごとにゃかなわない
このきいろみていきていこう
よるもともしていきていこう

ちゃ

となりにすわったひとが
ちゃをたててくれた
ちゃせんをてに
たかいきのはえるいわばに
みずうみをなしてくれた
わたしはちゃわんを
　　　　おしいただき
みどりのみずをのみほした
ちいさなちいさな
　　　　ねずみになって
ひげでかぜをうけた

ともだち

すき・きらいは
ぼうりょくにつながっています
といったわたしのともだちは
かぞくでうみをわたり
いわのりをつみながら
なみのこきゅうにあわせていきる
すき・きらいも
つううっ　とうかんできえる
あぶくのひとつ

とけいそう

じぶんのあしのおおきさも
よくわからないぼくだけど
とけいそうで　はかられる
ときはわずかにすぎている

とけいのはなはさいてはしぼみ
さいてはしぼみをくりかえし
はなびらいちまいおろそかにせず
いきわたらせる
　うちゅうのじかんを

じぶんのこえのおおきさも
よくわからないぼくだけど
とけいそうで　はかられる
ときのさなかをいきていく

ベッド

しにゆくひとは
じかんをわたす。
みおくるひとが
たきつぼのまえで
じぶんじしんに
むきあうじかんを。

かたでおおきく
いきをしながら
あけっぱなしの
はのないくちは
めいどにつながる
くろいトンネル。
トンネルくぐれば
ゆずのきそだち
ゆずのかおりが
へやにみちる。

じんせい

うちがわにもぐりもぐりいけば
なぜかあなをぬけて
　そとにでてしまう
そとにひらきひらきゆけば
なぜかそっくりかえって
　あなにもぐってしまう
うちそとうちそと
いったりきたりしているようで
しんはっけんのほしのみち

せかい

ひととはなしてわたしにであい
ひとのえをみてわたしにであう
ひとのぶんよみわたしにであい
わたしがわたしのせかいをつくる
わたしのせかいはすっからかんで
ぎゅうぎゅうづめでわらっちゃう

あとがき

『ぱちぱちしぜん』を手にとっていただきありがとうございます。
「ぱちぱち」ときいたら何を思いうかべますか。「すごい！」と手をたたく音、草木が芽ぶく音…　私は子どものころそろばんをやっていましたので、珠をはじく音も思いうかびます。数字なら8です。8を横にして∞としたら、無限大の記号にもなります。

「ぼくのまわりには自然がないよ」という人がいるかもしれません。でも決してそんなことはありません。あなたの食べているものは、「しぜん」そのもののはずです。あなたの体も「しぜん」です。けがをしたらいつのまにかなおってしまうのは、しぜんのちからです。

窓をあければ、雲がういていますか。風がふいていますか。しぜんとつながっていない人は、ひとりもいないはずです。

「ぱちぱちしぜん」をやりはじめると、人間どうしのいさかいが、つまらなく思えてきます。だから地球上に、「ぱちぱちしぜん」のこころがひろがれば、いじわるなきもちがしぼんでくると思うんです。

「ぱちぱちしぜん」のこころで歩いてみてください。あなたはきらきらとした世界に住んでいるにちがいありません。

いちかわゆう

追記

子が一歳半になったころから、子の成長に合わせ、絵本、紙芝居、児童文学と書き続けてきました。そうして子が十一歳半ばになったころ、詩作にもどりました。青年期も詩を書いていましたので、いわばホームグラウンドにもどったのです。

この秋で、詩作も五年になります。五年間にわたり、詩がたまるたびに、三人の方に読んでいただいてきました。詩人の はたちよしこさん、版画家の内田祥平さん、そして夫の智道さんです。お三方には年に四回ずつ、まるで季刊誌のような形で、詩をお渡ししていました。三人は、気に入ったものに○をつけた感想を、そのつど返して下さいました。詩作を長期にわたり支援いただいたご恩に報いるためにも、ここで詩集を編むことにしました。

井の頭公園も、二〇一七年には開園百周年をむかえます。この詩集を「井の頭」の地への、私なりの贈り物としたく思います。

いちかわゆう
岡山市出身 東京都三鷹市在住。
著書に絵本『いのかしらいけ ―秋から春へ―』
(2005年 けやき出版) がある。

詩集 ぱちぱちしぜん

発行日	2016年10月1日
詩・絵	いちかわゆう
発 売	ぶんしん出版
	〒181-0012 東京都三鷹市上連雀1-12-17 電 話 0422-60-2211
印 刷	株式会社 文伸

ISBN 978-4-89390-126-2